D. S. Drwinland

La Oveja

Y

La Cabra

Profecías del fin del mundo

Primera Edición: Septiembre, 2021
Título original: La oveja y la cabra.
alegorías del fin del mundo

Printed in United States
Impreso en Estados Unidos

Introducción

Ante los comienzos de ciertos signos mencionados en la biblia sobre el fin del mundo, del cual nadie sabe cuándo será, ni siquiera los científicos, quienes tienen posibles fechas aproximadas en millones de años y, algunos eventos que pueden alterar la vida terrestre en el planeta, el autor nos quiere introducir al posible escenario imaginado de su espíritu de oración respecto al combate espiritual que tendremos.

Destacando tales experiencias en los símbolos de la oveja y la cabra como el hijo del hombre: Jesús, quien es la oveja y, la cabra que representa al anticristo.

En ambos bandos se planean cosas para conseguir definir lo que será una victoria celestial. Con el fin de dar a entender tales posturas, el autor solo busca alertar a quienes esperan dar lo mejor de sí mismos para Dios en su día a día, que lo hagan con la consciencia clara de que no es con algo sencillo con lo que deben lidiar.

Para vencer al enemigo, hace falta la oración, la cual nos llevará a la comprensión de que todo lo que hoy conocemos no es por cuenta nuestra, sino de su espíritu santo.

La oración es la forma de reducir la soberbia a la nada. Con eso elevamos el nombre glorioso de Dios a su expresión viva y gozosa, como debe ser desde el principio de los tiempos.

Las armas que usamos los creyentes no es el orgullo de que sepamos combatir, porque el que vence es Cristo. Lo único que podemos hacer es confiar, esperar en nuestro vencedor para que nos levante, creer en que el tiene el poder para hacerlo.

Por tanto, el libro es una experiencia necesaria para entrar en contacto con tales temas desconocidos para muchos y, enfocar la mirada en la batalla que ahora mismo se está dando por nuestras almas en otra forma de la vida.

Esperando que el lector se adentre a dicho escenario creado con el fin de darle a conocer ciertos aspectos bíblicos hasta ahora interpretados por el mismo, la alegría aborde el alma de quienes comprendan que no pueden darse el lujo de estar tristes ante los acontecimientos venideros.

Que estar alerta significa vivir a Dios en la confianza plena, con el gozo que emana del cielo, sin darle cabida al sufrimiento, ni la tristeza misma.

Dios te abra el corazón para leer este libro con su espíritu santo y, en vez de miedo, te llene de gozo y esperanza. Amén.

Índice

Lucha entre la oveja y la cabra

La última morada

Nuevo mundo

Vístete. Nos vamos.

De sus dientes surgirán las sombras que atemorizarán a los débiles de fe. Alegrará a quienes le esperaban con ansias y herirá a quienes le tenían en duda. Su nombre tan profano hará temblar a sus seguidores y sus injusticias serán propagadas desde norte y sur de la tierra.

Él les dirá: *Aquí llega mi cosecha. Aquí llega la hora. Soy desde antiguo y manjares exquisitos de almas sin fe yo tomaré. Recojan las riquezas que tanto amontonaron. Tomen las delicias de sus pecados. Disfruten ahora en sufrimiento los tantos males que han hecho, porque pesadas haré yo sus cargas.*

Volteará sus ojos al horizonte. Una luz se los abrirá. Los quemará antes de que pueda ocultarse.

Se oirá la voz decir: *Vete a las tinieblas monstruo de los miles males. Vienes a recoger tu cosecha y almas de entera consciencia aún habitan en esta tierra. Juicio del Grande son. Tú nada tienes. Tú nada puedes. Dios es el dueño de estas almas.*

Oculto bajo los escombros de tanta destrucción, desde allí la bestia murmuraba palabras sin sentido como en otros tiempos: *riqueza del infierno, riqueza del cielo. A mis seguidores he dado yo por elegir. Ellos saben quién es su dios.*

Y se esfumó bajo los escombros desapareciendo del rostro de luz que hizo temblar los cimientos del firmamento, mientras una voz retumbaba en todo el hemisferio: *He aquí que llega la justicia divina y a cada uno juzgará. Separará a los malos de los buenos y todos tendrán lo que merecen en paga.*

Vístete. Ponte la ropa de los justos. He aquí que llega la hora y gloriosa es su entrada.

No serán palmas las que caerán a su diestra, sino estrellas. Ellas adorarán al Grande y Bondadoso. Piedad de los arrepentidos, Justo de quienes se esmeraron en alcanzar la no muy anhelada santidad.

Se moldearán los espíritus mansos por la gracia y, los que para el pecado vivieron, se deformarán ellos mismos por su rechazo.

Saldrá la cabra a cazar con sus seis cuernos, pero sólo dos se verán. Las ovejas perderán el anhelo de la existencia y las llamas se consumirán hasta la noche, donde los dientes de la maldad se dejarán notar.

Habrá oraciones y súplicas que abrirán las puertas de la esperanza. Abrirán huecos en la realidad que atormentada se vea y dejarán entrar al cielo en toda su gloria, como barco de otra nación que ha viajado desde otros siglos hasta este momento.

El rugido de una voz que antes clamaba sacudirá a las naciones. Hará temblar a quienes en pecado se encuentren y levantará en gracia a quienes por la santidad lucharon.

Aquí viene, el León de Judá. Justo Rey y Juez. Amoroso es su fuego y a quienes ovejas fueron, a ellas levantará con la derecha de su brazo, que recoge lo que cosecha y quema lo que no dio frutos.

Fuente viva derrochará sobre las moradas de aquellos seres que triunfantes se levantaron ante todo mal. Vibrante y soberana será la presencia de aquel por quién tanto se suplicó y ahora se hace presente.

Allí será el resplandor de sus almas como un vestido de un único color y tendrá por escrito con la sangre del cordero: **mi gracia basta.**

La Cabra Loca

Se hincharán de agua los poblados y subirán a los montes más altos quienes antes vivían. Allí verán las cabras saltando como locas, dando giros sobre la tierra mojada, danzando de felicidad porque algo saben, a alguien le bailan.

Una persona le hablará inocente: *"¿Por qué están felices?"* Y respuesta dará una de ellas, la que menos cansancio muestre: *"porque ya llega. Aquí está quien habrá de tomar posesión de su reino. Al que los llenos de espíritu santo no mencionan, porque saben que es temeroso y terrible. A ustedes les alargará los años y los llenará de todas las riquezas que pidan, porque príncipe de este mundo es. Les aumentará en tamaño y les dotará de fuerzas desconocidas todavía".*

No entendieron a quién se refería. Rascaron sus cabezas y miraron al cielo. Las nubes se tornaron de blancas a grises en solo segundos y una voz tronó en las alturas: *"¿A quiénes convences para hacerlos tuyos? Cabra loca, malvada y mentirosa. ¿Te autoproclamas vencedora antes de que yo sea? ¿Antes de que ejecute mi juicio? Pues, he aquí tu sentencia: respetarás el pacto establecido y tus cabras saltarán por los pastos verdes tentando a las ovejas sin tocarlas".*

Allí volverá el trueno y las ovejas tendrán el pasto abierto. Las cabras entrarán al redil y comentarán entre las ovejas las grandezas y prodigios de sus males. Lo bien que es estar sueltas por el mundo y hacer lo que sea. Las ovejas escucharán, menos las que llevan unas manchas en sus espaldas como un lunar, pues consagradas del nuevo pacto son.

Seguirán hasta el siguiente pasto y convencerán a miles de sus nuevas ideas. Que vivir es complacer todos tus deseos y no prestarle importancia a nada. Vivir sin remordimientos. Sin la vergüenza que a tantos detiene. Porque hacer lo que se antoje es la grandeza del que quiere libertad.

Se cumplirá la antigua profecía que desde el cielo ha permanecido: *El rebelado ha tomado su decisión. Sáquenlo del cielo, porque ya no pertenece al santo sacramento.*

Y los que escuchaban gozosos cuestionaron prudentes: *Si se aparta, tentará a las ovejas que apenas han alcanzado santidad con años de esfuerzo. Será una masacre.*

La voz de los inmensos escrutinios habló con calma: *Si ellos fallan, arderán sus almas con el lamentable dolor de sus pecados. Engaños súbitos vendrán por aquel que ha salido de entre nosotros. Dejaremos que nuestra santidad les persiga entre los eventos de sus decisiones para fortalecer sus días últimos y conseguir la victoria de sus almas. Pobre de aquellos que nada quieran con el cielo, que aborrezcan la oración, el amor y las buenas tradiciones. Servidores del pecado serán junto a la nueva criatura que vagará por los infiernos de la tierra. Aquella cabra loca que entre risas apretará su boca y hablará por ella como quien habla con los humanos en todas las lenguas, porque para confundir ha sido creada por el rebelado.*

Y saldrán emocionadas las que al pecado fueron sumando a sus grupos. Los que oraban, ya no sentían el mismo agrado dulce al alma de aquellos momentos sublimes ofrecidos a Dios. Usarán las iglesias como medio de engaño y los rituales hechos al Grande, ahora lo ofrecerán por el resurgimiento del rebelado.

Las cabras locas gritarán desde las azoteas mientras tocan las campanas de las iglesias: *Vengan todos al banquete, que ya viene el que derrotará a quien se nos interpuso en nuestro modo de vivir. Sin leyes nacerá otra vez y para alimentar nuestros placeres vivirá una vez más. Den la bienvenida al que los acogerá en su infierno.*

Todos ellos saltarán de alegría ante la aparente victoria. Mientras más se ve derrumbada la Iglesia, los cimientos se reducirán a la pérdida de la primera pelea.

Los retorcidos ideales de grupos elitistas avanzarán hasta aborrecer mucho más los valores establecidos por la consciencia. Harán creer que el mal es lo bueno, que nada debe seguir siendo regido por las autoridades de lo moral y lo decente. Mandarán abajo todo lo elevado, lo santo y lo puro, ya nada se respetará.

Las infamias abundarán de Norte a Sur y las desidias corromperán los lugares más distantes de la tierra. Las cabras estarán como locas y no tendrán oposición a sus planes durante treinta y tres días.

La Oveja Perdida

Fueron largas las horas cuando comencé a darme cuenta de que lo mejor era marcharme. ¿Para qué seguir en un ambiente que no me daba lo que esperaba? ¿Familia unida? ¿Amor fraterno? ¿Felicidad y soporte? No era todo eso sino una mentira.

La hipocresía desbordaba sobre ellos. El ejemplo por seguir era penoso. ¿Quién puede lidiar con esa carga? Solo un bruto se atrevería. Más fácil resulta salir huyendo de tanto veneno, incompetencia e incoherencia.

La salida más rápida es la mejor. Tomaré lo mío y me iré tan lejos como pueda.

Acariciaré los nuevos desafíos con aquellos que lleguen a confiar en mí y les daré lo que nunca pude recibir con esos con quienes crecí.

Amaré el pecado, porque tanto bien me aburre.

Hay que ver más allá la libertad que nos esclaviza y nos controla. Romperé con todos los rituales y costumbres buenas. Amaré la lujuria y llamaré a la locura como la mejor de todas las actividades.

Hablaré lo que me venga en gana y disfrutaré de los superfluos tormentos de la noche. Lejos de esta supuesta familia quiero estar. Lejos del refinamiento y la buena vida que los hace exaltarse hasta creerse mejores que otros.

Descenderé hasta las profundidades del abismo y alcanzaré el deseo de todo de todo lo indecente e impuro.

Doblegaré al bien que había en mí y dejaré que todo lo lleno de satisfacción invada mi ser.

Porque no se puede vivir bajo leyes arbitrarias. Nadie soporta el peso de ser bueno. Es intenso y aburrido. Mejor bajar hasta la suave fragancia de la locura. Entretener al alma entre bebidas y placeres que jamás terminan y que te llenan de una vida verdadera.

Salió la oveja del redil. Confundida de sus ideales, escuchó rumores decir: Hay una cabra por ahí que a muchos vende sueños y les hace torcer su camino.

Cruzó cañadas oscuras y conoció otras ovejas que perdidas caminaban hacia el mismo trayecto desolado.

Encontró, por fin, a la cabra. Una en especial que la sedujo. Le presentó manjares exquisitos jamás vistos en la tierra. Muchas ovejas femeninas se recostaban sobre frutas tropicales coloridas y jugosas. Mordían con delicado movimiento de sus bocas aquellas frutas de algún jardín antiguo.

Dio un paso hacia tales cosas que veía y comió también. Así estaría por noventa días. Pero jamás engordó como lo hacía en su redil. Por el contrario, adelgazaba. Su estómago enfermaba y su tristeza aumentaba. Algo bendecido desde el interior de su ser le impedía ser contaminado por completo con aquella podrida comida del mundo.

Ya casi en la penumbra, un pensamiento extraño de aquellos días en los que descansaba en medio del pasto vino a su memoria: **Tanto hay de comer que me aburro.**

Empezó a sentirse con mucho dolor y pesar después de varias noches haciendo fiestas que iban en contra de todo lo que representaba a la vida en aquellos lugares donde había nacido.

Quiso salir dando pasos turbios por la noche. Nada veía en medio de aquella tenebrosa oscuridad.

Cayó por un risco lastimándose todo el cuerpo. Recibió tantos golpes a causa de las piedras que se le clavaban como lanzas.

Casi se queda sin aliento. Lloraba apenada por su situación. Se lamentaba como nunca por haber tomado una decisión tan terrible.

Notó que la carga de aquel pasto hermoso en el que vivía no era nada comparada con esta situación actual. Se arrepintió de lo que hizo y sus lágrimas bañaban su cuerpo. Limpiaban la sangre que estaba por todos lados.

Miró la luna como una luz de esperanza. Tuvo recuerdos de sus días con sus amigos allá en los frondosos paisajes que encantaban la vista.

Era tanta belleza que, pensarla le daba aliento como si la volviera a ver de nuevo.

Cerró sus ojos al desconsuelo de pensar que todo terminaría allí.

Este es mi final, se dijo.

Una mano fuerte, cálida como los amaneceres y el rocío, se introdujo sin lastimarse por entre los matorrales y la rescató. La puso sobre su hombro y se la llevó de allí a su redil, donde pertenecía.

No había sentido la oveja tanto amor como aquel día. Al abrir sus ojos, percibió que estaba siendo llevada sobre alguien. El perfume de aquella persona le pareció conocido. Era su presencia, sin duda. La que ya conocía desde antes.

Te has levantado ovejita traviesa. Me alegro mucho por eso. Mira bien de dónde has salido para que no vuelvas jamás.

La oveja no salía de su asombro. Aquella frase tenía todo que ver con lo que le había pasado. Ella cayó, pero se ha puesto de pie nuevamente. Ahora podrá seguir adelante y con más convicción en su propósito. Echó su mirada al paisaje dejado atrás y, lo que había visto al principio no era igual en nada. Un pantano lleno de las sobras de los cerdos era lo que ahora estaba allí.

La oveja se sintió tan amada, que recitó una hermosa oración durante el viaje: **El Señor es mi pastor, nada me falta**…

Y la profecía de aquella historia se cumplió. Muchos quedaron envueltos por los engaños de la astuta cabra maligna y no tuvieron suerte de regresar como aquella que logró arrepentirse.

Vendrá el día en que perecerán en su propia fe, porque no sabrán lo que es amar, ni entenderán lo que es la belleza. No sabrán lo que es el sacrificio, sino que amarán el sufrimiento. Y mucho menos sabrán discernir entre el bien y el mal.

La Cabra y el Cuervo

Y sucedió por aquellos días, el tercero de la semana del mes más triste a causa de las plagas y los enfrentamientos en las naciones, que se reunieron nuevamente la cabra y el cuervo para discutir sus planes.

Lejos, sobre las montañas ocultas en el archipiélago de los picos nórdicos, donde antes se realizaban ritos extraños y malignos a dioses desconocidos, allí fueron para concretar sus ideas.

"La primera fase está lista. __Condujo la cabra al hablar mientras realizaba gestos con sus manos.

"Y ha sido un plan exquisito. Ahora los humanos hacen nuestro trabajo. Se adelantan en odio y desesperación hacia la consecución de sus males. Hacen lo que sea

con tal de pecar y ofender a Dios. __Indicó con ligera sonrisa el cuervo.

El cuervo recordó algo de importancia que vio mientras volaba sobre las ciudades. Se había detenido sobre el cable de un poste de luz que atravesaba la calle para notar el comportamiento de los humanos.

Desde allí miró un joven en su auto que también pudo verlo de manera conocida mientras esperaba al cambio de la luz del semáforo.

Sintió el cuervo una enorme presión cuando vio con claridad que una oración potente de rechazo a su maldad surgió de la boca de aquel predicador. Se dirigían como palabras huracanadas en tonos afilados que, de no moverse aprisa, podría haber sido víctima de aquel ataque mortal.

__*El Hijo de lo alto, Dios también ahora, te reprende desde su sangre llena de vida y la renovación de las criaturas que ahora se* *abalanzan contra lo bueno porque en su libertad, tal como el hombre, han optado por obrar en favor de lo malo. Sacúdete de tu maldad, retuércete en tu sufrimiento, porque aquí llega quien habrá de vencer tus planes.*

La cabra escuchó atenta. Colocó su mano sobre la barbilla y se dijo:

"Vendrá por nosotros, junto con otros. Saben que existimos. Y muy posible es que, hasta sepan lo que pretendemos si es que cuentan con el espíritu de la profecía para revelarles los acontecimientos futuros.

"¿No habrá alguna forma de evitar que eso suceda? Porque noté mucha calma en tal oración. Eso me erizó las plumas, muy a pesar del poder que he recibido.

"Siempre hay más formas de acabar con algo bueno y no lo contrario. Tendremos que reunirnos con aquellos con quienes contamos. Buscaremos a los aliados. El plan de corromper ya está en manos de los

humanos. El nuestro consiste en enfocarnos en crear tantos rituales como podamos. Si la oración es poderosa para aquellos que siguen al Altísimo, también para nosotros hay poder en lo que ejecutamos con la palabra. Quien mayor fuerza tenga, ese vencerá.

Y se separaron para ir en busca de aquellos que todavía no se presentaban.

La cabra caminaba con desencanto debido a la historia del cuervo. Algo no iba bien. La luna era visible para el día tan soleado que había.

El pronóstico de ciertas sospechas retumbaba en los pensamientos de la cabra. El cuervo por igual volaba con espíritu amedrentado. No salía de su cabeza la mirada de aquel que le vio en aquella luz roja. Era una sensación insoportable.

La Oveja y el León

Después de dos semanas seguidas, todas las ovejas se asombraron por la llegada de aquella que se había perdido. Vieron al pastor curarle sus heridas. Mandó por algunas que prepararan una fiesta, porque había que celebrar el regreso de tan importante miembro.

El pastor la miró con el amor que brotaba de sus ojos como un fuego bondadoso. Ella se sintió amada. Estaba devuelta al hermoso lugar que antes había criticado.

Quiso dar un paseo por las inmediaciones de otros animales que también servían al Altísimo. Allí encontró al león que tenía sus ojos calmados mientras observaba cosas más allá de su realidad.

Hizo un gesto de regresar de algún viaje al dar un pestañeo a presión. La oveja le contemplaba con seriedad. En el silencio, el león le dijo:

"Vienes con el alma mejorada. Vienes con mucha información. ¿Qué aprendiste de tus errores?

La oveja miraba el pelaje blanqueado del león que representaba una de las tribus más fuertes. Suspiró ante las tantas palabras que tenía por decir y empezó a hablar.

"La maldad se organiza. Al igual que nosotros, se forman para la batalla triunfar. Tienen muchos aliados. Aunque la cantidad jamás importe, pueden llegar a ser un problema. Conocí la cabra. Es una bestia poderosa. Analiza cada rango de los escenarios que se puedan interpretar en el final y puede adquirir cualquier forma. Será la posible amenaza que llegue a realizar el ritual para desencadenar al anticristo. Si ella

consigue poseer al humano que nacerá con un sello maldito, al igual que Judas, la batalla quedaría indecisa. Hay varios factores a considerar, pero hay otros que no alcanzamos por su misma incapacidad producto de la improvisación. Podemos usar tales medidas para mejorar nuestra santidad e impedir el control de aquellos que nos amenazan".

La oveja se paró en dos patas al igual que la cabra lo hacía y le mostró al león lo que pasaba si eso sucedía. El Señor se acercó con rapidez hasta la reunión para ver lo que pasaba. El león se dio cuenta inmediatamente. La oveja descansó su postura. Y dijo el Señor con autoridad y sin conocimiento de lo ocurrido:

"¿Qué hacen? ¿Por qué tientan la soberbia? ¿Por qué no retozan en los sublimes actos de amor como si retozaran en camas de nubes?"

El Dios hijo estaba presente cuestionando cada acto como aquel, propio de las oscuras criaturas que se rebelaron tiempo atrás. El león tomó la palabra y dijo: *"La oveja me mostraba algo. Es como reaccionas ante el mal lo que nos puede llevar a una trampa. Ella se puso de pie como la cabra lo hace para hacerte venir hasta nosotros. Si llegara el momento en que la cabra igual lo hiciera cerca de nosotros, te sentirías abducido por tales sensaciones y no te contendrías. Nuestra fuerza reposa en ti, defenderte, aunque tu nos defiendas también. Pero si ellos saben tal cosa, estaremos perdidos. Debemos conocer las debilidades que nos abruman antes de partir a la batalla".*

Y cambió el clima del cielo. Algunas rocas gigantes y llenas de fuego circundaban poco a poco la zona terrestre del firmamento.

Su solo roce provocaba cambios en los elementos corrientes del planeta y la luna.

La gravedad se veía afectada. Las mareas se distorsionaban y la tierra se partía en grietas por debajo del mar. El tiempo se percibía más largo. La tierra giraba con mayor lentitud.

El león y la oveja vieron cada acontecimiento suceder. La batalla se contenía a causa de la organización de los planes para conseguir un triunfo definitivo en ambos bandos.

La Cabra y la Serpiente

Encontró la cabra a la serpiente escondida bajo las oscuras cuevas de un Monte oculto en el noroeste del Himalaya. Bajo la maleza de muchas pajas secas, con sus ojos brillantes, su lengua imparable que saboreaba con ansias la victoria de la batalla augurada supo de repente que la cabra se acercaba.

"¿Ahora te escondes o, es parte de tu plan?"

Incómoda le dijo la cabra a la serpiente.

"Ni una ni la otra. Solo descanso. Si de veras quieres mi experiencia, debes tener el conocimiento que tengo. No por algo fui la primera en ser usada como recipiente de maldad".

"Comprendo. Tal vez, esa fue tu razón para no asistir a la reunión de las malditas criaturas, ¿Cierto?"

"Exactamente".

"Tengo que decirte que te perdiste la aparición de una oveja descarriada. No creo que haya sido casualidad. Pero el Todopoderoso siempre encuentra un modo de hacer que sus errores sean soluciones al instante. No pudimos tocarla".

"No cabe duda de que es Dios. Vencerlo no será nada fácil. Ahora mismo puede estar compartiendo información sustanciosa de nuestros planes. ¿Quieres modificar algo de lo que tramamos?"

"No, todo seguirá como va. Los rituales serán confusos. Las alabanzas ya de por sí son vergonzosas en todas las Iglesias. No hay verdaderos adoradores. La gente empieza a creer que vivir sin Dios es mejor. Pronto tendremos a la tercera parte de la población

mundial bajo nuestros deseos. El resto caerá poco a poco".

Se postraron para mirar el horizonte lleno de luz. Admiraban con desconcertante asombro lo que pronto sería un apocalipsis irremediable.

"Volveré pronto a mi escondrijo".

Desbordó entusiasmada la cabra una radiante sonrisa de su rostro. Un lugar en el corazón del hombre se había hecho espacio para ser tentado por tales locuras. El pecado renacía en el alma y la gracia disminuía atrozmente.

Cuando Dios vio la soberbia renacer de aquella criatura suya, en el principio, supo lo que tenia que hacer. Desechó al rebelado por sus acciones contraproducentes con las reglas establecidas en todo lo conocido hasta entonces y lo envió hacia una cárcel custodiada por el fuego divino.

Luego de saber Dios que el rebelado deseaba corromper su primera creación, aquella de sensible corazón, el hombre, tuvo que definir si aquella criatura también quería llegar a traicionarle. Puso dos árboles en un jardín para que el hombre jamás se atreviera a tocarlo dándole a conocer las condiciones de tenerlo todo.

Después que pasaron días y la mujer fue la acompañante perfecta para aquel solitario hombre, la serpiente fue usada como medio de posesión para tentar a la mujer a tomar el fruto prohibido, puesto que la consideraba débil.

El árbol era una trampa. No había tal cosa del bien y el mal si no es por la desobediencia de quien tomara tal fruto. El mal solo podía nacer de rebelarse ante Dios en cualquier condición que se solicitara de su parte.

La serpiente consiguió al parecer de ella, lo que era una victoria, pero para Dios, simplemente, era el comienzo de una nueva era. El hombre conocería ahora quién era su creador a una escala mayor.

La cabra fue creada de forma prudente como animal común, pero vio la maldad algo especial en ella para ser usada. Y consiguió levantarla de sus cuatro patas, a esa especial que tuvo la osadía de enfrentarse a su naturaleza.

Y consiguió profanar los deseos de la mujer convirtiéndolas en brujas a través de rituales diabólicos. Atrapó al hombre en su misma lujuria para atraerlo hacia la desdicha de sus días alimentándose de sus almas.

Ahora, la serpiente antigua y la cabra presente estaban unidas para desatar el mayor plan de la era. Pues, ambas estaban de pie.

El Escondrijo de la Cabra

La cabra salió de la cueva de la serpiente para ir a tentar las almas débiles y sin protección. Aquellas que olvidaron su propósito al ser creados.

Se disfrazó de niña de unos diez años como era su especialidad junto al poder de adquirir fachadas diversas. Se acercó hasta el escritor de este libro para tentarle con intimidación.

Llevaba aquella niña un juego en manos para probar su capacidad de confianza y bromeaba con rostro serio en querer lanzárselo a su cara para golpearlo, pero no podía debido a la protección divina que tenía.

Su comportamiento se dejó entrever como nervioso después de aquella acción fallida y quiso atacar la retaguardia. Se dio la vuelta para forzar la puerta de la parte de atrás con empujones fuertes y rostro igual de serio.

No logró conseguir sensibilizar al escritor, pues la conducta de aquella niña no le pareció normal y sus padres no estaban en el alrededor.

Volvió al frente y quiso dirigirle palabras, pero tampoco pudo, muy a pesar de abrir sus labios sin poder pronunciar una sola letra. La serenidad del que estaba frente a su presencia era bastante fuerte. Dios custodiaba su cuerpo y alma.

Así que se rindió y fue en busca de otros corazones. Una joven con vestidos cortos pasó por el lado de un hombre y le dejó lleno de lascivia e impureza.

Se aproximó hacia alguien que cobraba un dinero mientras la persona que lo debía hablaba muchas mentiras para conseguir más tiempo.

La niña se reía como si jugara en el parque. Estaba feliz por tantas diabluras ocurridas en el entorno. El pecado era como un juego de maracas tocado por niños en todas partes del mundo.

Pronto sería muy divertido causar daño. Lo que era tenido por cruel, sería tomado como entretenimiento. Ella encendió el sustituto del celular y puso música con miles de palabras ofensivas, obscenas y asquerosas y violentas. Echó sus ojos al infierno y vio cómo caían las almas hechas pedazos.

Las cabezas de miles colgarán decapitadas sobre lanzas de aquellos que no entendieron a Dios. Los ateos seguirán afanados por erradicar el santo nombre y algunos conseguirán arrepentirse.

Los borrachos se jartarán de tanto mal que se han hecho a sí mismos y se levantarán para adorar al que los moldeó desde el comienzo. Los ricos enfrentarán el mayor peso de la historia al buscar la manera de atravesar sus vidas por el ojo de una aguja y alcanzar el cielo.

Habrá muchos tormentos. Tantos, que una gran parte de la humanidad verá el suicidio como una salida. Caerán por sí solos en la trampa de la cabra. Alimentarán su espíritu con la maldad que han elegido.

Saltó la cabra como loca de un corazón humano al otro. Muchas familias se dividían como extraños desconocidos de otras naciones. Los padres desconocían a sus hijos y, ellos por igual, repudiaban a sus padres.

Las divisiones en los matrimonios provocaban guerras en donde antes existía un santo hogar, lleno de oración, amor, fraternidad y confianza.

Las confusiones en muchos aspectos de la vida comenzaron a dar sus frutos. La perversidad aumentó a gran escala. Los niños fueron los más afectados. Pero era parte del plan de la cabra contaminar la generación siguiente para seguir extendiendo sus planes hasta el momento crucial de la batalla esperada.

La cabra entrenaba a sus pequeños soldados del futuro. En miles de países, los padres le colocaban armas de fuego a sus hijos de cinco a diez años. En otros, le daban una bolsa moderna llena de sustancias nocivas para venderlas a otros amantes del mismo producto tóxico.

Una era de oscuridad se levantaba y el nuevo mundo lo consentía. La destrucción seria inminente.

La Oveja Jubilosa

Salió también la oveja a pasear por los senderos del bien, años antes de la batalla. Se posaba sobre aquellos que fortalecían sus almas con el suave dintel de la oración.

Los animaba para el combate espiritual. Les instruía para prepararlos con el júbilo de la luz y la fuerza del amor. Eran pocos los guerreros, pero eran de gran calidad en sus capacidades.

Muchos se dejaban iluminar por las grandezas de su rey. La sabia interpretación de la palabra infundía de experiencia los corazones amados.

La oveja saltaba de gozo porque hasta en los sueños consolaba a quienes debían prepararse. Los que venían en camino, aprendían de sus padres las oraciones antiguas. Daban gracias a Dios por los alimentos, la vida, por la familia unida. Oraban con alabanzas, cánticos, humildad y espíritu de alegría. Se animaban mutuamente y no se juzgaban en ninguna de sus acciones.

Por el contrario, se motivaban a ponerse de pie. Se decían: *"Tu puedes amigo/a"*, *"Lo tienes que lograr, por el santo nombre de nuestro Dios"*, *"Aquí te estamos esperando, tú lo vas a superar"*.

Y se animaban en las pruebas a subir por las agrietadas y empinadas montañas de rocas que se anteponían durante el trayecto.

Muchos esposos se volvían mejores por el bien de su relación. Las esposas agradaban más a sus esposos con los encantos del alma que estaban más allá del físico.

Aprendían a sobrellevarse con la paciencia de los justos. La alegría desbordaba hasta en las muertes de aquellos que se iban, porque los que esperaban en el Grande y Todopoderoso, jamás perdían la fe de volverse a encontrar de nuevo con ellos, aunque fuera como amigos.

"No nacimos para este mundo, sino para aquel del cual hemos venido". Se decían mientras velaban los cuerpos de aquellos que sacrificaron sus vidas por el bien y el amor.

Los nuevos mártires de la era actual eran aquellos que daban su último aliento por rescatar lo mejor de sus almas y la de otros.

La oveja cantó como un animal común lo haría. Y el que creía ser su dueño se sorprendió al escucharla, aunque desconocía la razón de tanta felicidad.

La confianza flotaba en el aire porque el espíritu de lucha de todos se llenaba en la gracia de Dios.

"¿Quién como él?", gritaban hasta las médulas de sus entrañas: *"¿Quién como su amor?"* Y alzaban a viva voz los estruendosos *"Aleluyas"* y aquellas

consagraciones donde aclamaban el "*Santo, Santo, Santo*".

Si muchos eran los que abrazaban la maldad, aunque pocos los que venían al bien, el espíritu del amor, en uno solo, era el equivalente a cinco mil que practicaban el mal.

Por eso siempre se dijo: *"Si encuentro un solo justo en medio de ustedes, yo los perdonaré"*.

La oveja continuaba comiendo el pasto verde que le crecía al momento de abrir su boca, muy a pesar de estar en una tierra árida. Pero su fe era incomparable. Este era su poder como el cordero de la humildad, de la cual se alimentaba.

Todavía había mucho de por medio. Decir que muchos eran los que se dejaban arrastrar por la maldad, no significaba necesariamente que allí se quedaran estancados. Siempre podían levantarse para alcanzar las gracias perdidas por el pecado y volver a la lucha por el honor del Santo Creador de todo y la gracia que lo acompañaba.

Los seguidores del Cristo sonreían con el ímpetu amoroso del cielo, porque la oveja inspiraba a quienes ya tenían el compromiso y, levantaba a los que venían en camino.

La Cabra no duerme

Veía la cabra cómo se conglomeraban los fieles seguidores del Altísimo alrededor de su presencia en grupos comunitarios.

No quería dejar ninguna posibilidad de ganancia en aquellos espíritus decididos y motivados por la fuerza del cielo.

Tomó una sustancia del mismo infierno para aumentar su fuerza y crujió sus dientes alzando un grito de dolor y odio. Sacudió sus pezuñas contra la tierra y la hizo temblar con su peso.

"La gracia siempre ha sido un problema para los que nos oponemos a ella". Se dijo llena de rabia.

Echó más patadas al piso e impactó con sus cuernos las montañas de aquella zona rocosa. Dio un salto hasta las nubes y al caer, se abrió la tierra en tres partes hasta un radio de treinta kilómetros. Dio mordiscos a los árboles que estaban más allá del calor abrumador debido al calentamiento.

Sintió cansancio después de muchas horas de rebeldía. Quería dormir un rato, pero se decía: *"El bien no se detiene, tampoco la maldad lo hará"*.

Y prosiguió haciendo lo mismo por muchas horas. Entrenaba sus cuernos quebrando todo tipo de rocas, porque pensaba siempre en los corazones que amaban a Dios, la roca suprema, y como las molía hasta dejarlas hechas arenas como las del desierto, se sentía mejor.

Sus ojos se despabilaban y recapacitaba en todo lo que tenía que hacer para ejecutar su plan.

Con eso se cumplió la profecía:

"Resonarán los atardeceres con ruidos de otra dimensión, como si el mundo

chocara con otros planetas, pero nadie nunca supo de dónde venía tal estruendo".

Siete lunas recorrieron los ojos cansados de la cabra. Estaba hasta el borde de tanta lucha contra los elementos vivos de la tierra. Su sola presencia secaba el terreno de todo cuanto tocaba.

Sus miembros se agrandaban cuando los usaba. Si lanzaba sus cuernos contra algo se hacían grandes como los vendavales de los huracanes.

La cabra estaba preparada para demostrar su poder contra aquellos que declaraban ser fieles al amor. Los torturaría hasta dejarlos sin almas. Los pulverizaría hasta convertirlos en partículas subatómicas irreconocibles.

Nadie escaparía de sus pezuñas. Salió de aquella zona ya más calmada gracias a la preparación obtenida para el combate y marchó hacia el norte, donde alteraría más familias disfrazándose como era su cualidad.

"Si destruyes el corazón de una familia, es posible destruir el mundo completo". Se decía una y otra vez.

Y abrió sus ojos malignamente mientras contemplaba un poblado donde pensaba ir a destruir y provocar miedo. Sacudió una de sus pezuñas contra la tierra y un sello del infierno apareció alrededor de todo el poblado consumiéndolo como un tiburón que se traga un barco. Pues aquellas personas no eran creyentes que le dieran ningún problema para ejecutar su poder.

Tal método ejecutó en otros tiempos con ciudades que sacrificaban a los suyos. Tales males le dieron ideas para usar a dichos humanos tan crueles para convertirlos en demonios de su ejército, hasta que los consumió con sellos creados por rituales del infierno.

El Fuego de la Oveja

Dos serán muchos si con fe se sostienen. Porque no es cantidad, sino calidad. La definición de la fe será eliminada y su acción será implementada. La ejecución de la palabra se volverá lo esencial. Los cristianos descubrirán al momento de la prueba qué significa tener fe.

Sanarán los enfermos como en los tiempos de Jesús. Se levantarán los muertos. Pero no todos recibirán milagros por el nombre de Dios.

Algunos venderán sus almas a la oscuridad y le rendirán cuentas a demonios disfrazados de falsos profetas, pastores y religiosos que darán su brazo a torcer.

Esquina tras esquina caminarán por los caminos opuestos de la santidad. Atraerán a miles con sermones escandalosos que no representarán al amor ni la decencia. Gritarán rabiosos, llenos de cólera, demostrando la clase de personas en la que se han convertido. Alejarán al espíritu de Dios de sus almas y confundirán a muchos.

Lloverá por dos días. Una ola de calor como nunca tendrá como resultado la muerte de millones. Será la peor era desde la pandemia del 2020.

Los meses se convertirán en semanas y, estas se convertirán en días. El sufrimiento alargará el tiempo, porque un tercio de la población mundial querrá que se acabe en un instante la vida que tienen.

Llegará la oveja encendida de una luz del cielo, como una llama que fluctúa alrededor de su cuerpo llevando esperanza a quienes se rindieron. Levantará el ánimo y los que se debatían en dolor y derrota, pondrán sus cabezas en alto.

Palabras llenas de vida saldrán de la boca de la oveja:

"No teman. No se rindan. Yo soy la luz, el comienzo y el fin. Los que crean serán levantados. Vengan y consuman el alimento de la vida eterna para que jamás perezcan de nuevo ".

Reconfortó a las almas desdichadas y alivió las heridas de aquellas que estaban tiradas. Hizo elevar su fuego para abrir los ojos de los ciegos e iluminar con sabiduría a los que estaban abatidos.

A los soberbios humilló y a los humildes levantó. No llovió durante siete días a partir de la primera. El agua escaseaba y unas cincuenta mil personas murieron por la sed.

Las enfermedades se desarrollaban con rapidez y los que caían no tenían conocimiento de Dios.

El fuego de la oveja los ayudaba a ponerse de pie, pero algunos preferían quedarse así, allí, en la comodidad de la derrota, esperando en la agonía del fallecimiento de su fe, o aquellos que en nada creían, así mismo fallecían, lamentándose en la sequedad de sus almas, porque en nada esperaban.

Llegó el león para darle resplandor a la oveja con su pelaje luminoso y destellante de vida. Ambos recorrían el norte buscando a quienes creyeran en el cielo como su patria celestial.

Dieron visiones proféticas a los de buen corazón y llenaron de inspiración a quienes se habían perdido, animaron a los que predicaban con buen juicio y espíritu santo.

Cayeron los puentes, se dividieron los mares con tierra que se levantaba entre ellos. Muchos animales que antes caminaban solamente empezaron a volar a causa del cambio en la tierra. La gravedad sufría disminución en su poder.

Pronto los volcanes hacían erupción a causa de la ligereza en la atmósfera.

Empezarían a profetizar los niños y jóvenes desde ese día.

La Trampa de la Cabra

Y aconteció por aquellos días de luto, donde se levantaban los vientos con olor a cenizas quemada, que un estrépito azotó toda la zona sur.

La oveja y el león lo sintieron. Comprendieron que se trataba de la cabra haciendo estragos. Fueron a dar ayuda.

Al llegar, lo que vieron no tenía misericordia. Un largo camino construido sobre pieles humanas envenenadas. Incluso, la oveja y el león caminaban sobre ellos.

La oveja esperaba hacerlos débiles por el sentimiento de lo ocurrido. Pero, ni el león ni la oveja manifestaron tristeza de espíritu. Por el contrario, corrieron contra la cabra para combatirla.

La cabra sacudió su risa diabólica y su entonación hizo rebotar a la oveja, la cual creó una telaraña para evitar apartarse. El león seguía con dificultad hacia adelante. La cabra lanzó sus cuernos contra él y le retroceder unos pasos.

El pelaje del león brilló y sostuvo los cuernos de la cabra lanzándola hacia el sur de un solo giro. Pero las patas de la cabra le impidieron caer. Con un solo movimiento de sus patas traseras logró detenerse volviéndola grande.

La oveja quiso encerrar a la cabra como habría hecho antes con otros demonios, pero por alguna razón su fe no daba resultado. La cabra tenía cuatro hechizos bajo sus pezuñas que le impedían a la oveja realizar cualquier ataque antiguo.

"Nos ha estudiado bastante bien desde el antiguo". Dijo la oveja calmada. El león miró a la oveja y le dijo:

"¿No estará buscando alejarnos de algo esta cabra loca? La noto poco seria en el

combate. Más bien parece que nos distrae para ganar tiempo".

Se dieron cuenta la oveja y el león de la trampa de la cabra. Su idea no era combatir con ellos. Eso sería un suicidio. Pero su deber era entretenerlos para que la serpiente y el cuervo lograran dirigir el ejército de aquellos seguidores que adoraban las obras del mal. *"¿Quién cuida ahora del ala norte que dejamos descuidada?"* Se dijeron ambos mientras no salían de la impresión ante el plan de la cabra maligna.

Así se cumplió otra profecía que decía: *"Vendrán los del sur para atacar a los del norte. En el reino de las almas se darán estas batallas. Los no creyentes serán vencidos y se sumarán a las obras malas. Los creyentes seguirán firmes, pero pocos serán".*

Y la cabra volvió a reír descontroladamente, como era su forma.

Sacó unas filosas garras de sus pezuñas que se agrandaron al instante de atacar a la oveja y el león y los hizo retroceder.

Sin darse cuenta cómo, el león apareció detrás de la cabra y usó su pelaje a modo de tentáculos de pulpo, amarrándola por completo. La oveja aprovechó y creó unas pinzas para remover los sellos de sus pezuñas.

Cuando lo hizo, el león la noqueó para que se desmayara y soltarle su pelaje. La oveja la encerró en una jaula sagrada. Colocó diferentes sellos divinos y la dejaron allí para ir en el auxilio de aquellos que se perdían a causa de la serpiente y el cuervo.

La Potestad de la Mansedumbre

Por aquellos días, en medio de mucha agonía a causa de las pruebas y los tiempos tan difíciles, el don de la mansedumbre se desbordó sobre aquellos que mantenían la alegría del espíritu divino.

Al principio, parecía una diminuta luz débil que no tenía sentido. Pero luego de encontrar a los alegres en el Cristo vivo, su poder se volvía inalcanzable.

Los que practicaban la violencia no podían ver a los ojos a quienes llevaban el don de la mansedumbre sobre ellos. Tenían miedo. Eran los herederos de la nueva tierra que surgiría como comienzo de la victoria ya establecida por el creador de todo.

Aquello se llegó a definir como el alcance de la justicia divina a su máxima expresión.

Salieron corriendo los que antes descansaban en sus cómodas vidas para conseguir aceite antes de que se secara. Iban desesperados por todos lados y ya no había.

La tristeza empezaba a invadir tales corazones. Los siervos prudentes lograron llenar sus lámparas a tiempo. Pero aquellos que no lo lograron, sufrieron con lágrimas de sangre esa mala decisión.

No tenían que estar pensando en el novio, sino actuar en consecuencia. Los trabajos no se hacen solos.

No es lo mismo decir que tienes fe y demostrarla con tus obras. De ahí se alimenta la mansedumbre. El cuidado hacia ti mismo y los demás, proyectando decencia y respeto, eso es una manera de producir frutos. Si no tienes frutos, no podrás cosechar nada.

La mansedumbre se paseaba a través de los corazones que actuaban en consecuencia. Si tienes un buen corazón, debes ponerlo a obrar, a dar sus frutos.

La base y fundamento de todos los dones es la mansedumbre. Si no la tienes, la vas a necesitar.

Porque muchos predicadores perderán este don y harán prédicas estrepitosas, llenas de rabia, desorden, creyendo que están motivados por el espíritu santo y, no será así.

Habrán sido engañados.

Quienes caminan en la mansedumbre, usan la alegría del espíritu como motor. Porque ambas caminan juntas.

Para ser verdaderamente alegre, se debe tener un corazón dispuesto al amor. Solo la mansedumbre alcanza la posibilidad de esto.

Quienes son mansos, no son lentos, ni tímidos, ni sin acción alguna. Por el contrario, ejecutan con el soporte de la justicia divina todo lo que en su talento mismo puede llegar a producir.

Aquello como la valentía de aproximarse a la comunión, esforzarse por tener un lugar limpio para el descanso del espíritu, hacer producir la prudencia como fruto, la felicidad como esencia sustanciosa de la vida misma.

Esta es la razón por la que, los que a ella aspiran, heredarán la tierra. Todas sus cualidades son necesarias para el nuevo mundo que se aproxima.

No habrá armas de fuego u otro tipo de armas digitales, futuristas, tecnológicas, masivas, nucleares, armas blancas. Porque en la mansedumbre, la única potestad siempre es del espíritu que nos ha creado.

Solo estaremos viviendo en ese mundo nuevo con la compañía de la mansedumbre para ser felices cada segundo de esa nueva existencia.

La mansedumbre será el arma principal de los elegidos para la batalla final. Una oración hecha con mansedumbre del alma evitará abrir brechas a la soberbia, la arrogancia espiritual y la altanería.

El Pacto de los Cuernos

Estando sin tiempo, la oveja y el león dejaron la cabra encerrada en una jaula sagrada. Mil años necesitaría la cabra para poder tener su poder nuevamente e intentar escapar. Eso pensaban el león y la oveja.

La oveja logró remover los sellos de las pezuñas de la cabra, pero no percibió que también tenía en sus cuernos, porque estaban invisibles como para notarlos.

Comenzó la cabra a realizar un ritual demoníaco para hacer florecer su poder al de una bestia imparable. Brillaron los sellos de sus cuernos. Líneas retorcidas se dibujaban emblemáticamente desdc sus raíces hasla su filoso final.

Empujó enojada la jaula y rompió sus barrotes sagrados con el ímpetu de su poder. Saltó y sacudió su cuerpo como un perro que se sacude el agua de encima. Así retiró todo rastro divino de su piel. Sintió la energía de la oveja y el león en dirección al sur y supo inmediatamente que iban por el cuervo y la serpiente antigua.

"Los sorprenderé por detrás con mis cuernos renovados de fuerza y acabaré con sus existencias lamentables". Se dijo furiosa la cabra.

Empezó a correr dando pasos gigantes para avanzar y estar pronto con aquellos con quienes estaba antes.

Recordó el momento en que los integrantes del consejo del infierno le sostuvieron para inscribir el sello en sus cuernos.

"¡Es dolorosoooo!"

Sus líneas fueron tomando forma de acuerdo con el tamaño de su odio. Algunos puntos se marcaron como lunares alrededor de las marcas. Se había completado el proceso. La cabra tenía un nuevo poder en sus cuernos. Una energía fluía en medio sin disminuir ni un poco.

Era tan oscura y densa, como una masa gelatinosa, como la ancha sábana que cubre al universo debajo de sus portentosos planetas.

Se echó a reír la cabra como nunca y saltó mucho más lejos, hasta fuera del planeta, con mucha facilidad. Dio una patada a uno de los satélites de los hombres y los pedazos de este caían como meteoritos en dirección a la tierra.

Justo detrás de ellos se escondió la cabra para usar tales distracciones como un verdadero ataque potente orientando los desechos de los satélites con su nuevo poder de reacción de energía, muy similar al de la telequinesis, hacia el león y la oveja que se dirigían hacia la serpiente y el cuervo.

Sus cuernos brillaban cada vez que usaba su poder para teledirigir toda aquella potencia. Era un poder macabro.

Con tal poder consiguió la cabra cambiar su rostro al de una enfurecida mucho mayor, más intimidante que antes y con más seguridad en sus estrategias y ataques.

Notó la ruta rápida que llevaban aquellos que la dejaron por vencida. También pudo ver a la serpiente y al cuervo que estaban descuidadas consumiendo almas en un pueblo.

No se esperaban tal ataque sorpresa.

Aconteció por aquellos días, que, entre los profetas e intercesores, mucho se hablaba de estrellas de fuego que caerían del cielo.

El mar helado terminó derretido y su aumento de agua en los lugares poblados provocó maremotos e inundaciones apocalípticas.

Muchos sufrían a causa del cuerno de la cabra, ahora de un dominio implacable. Se bañaban en lujuria los hombres y mujeres. Los niños se corrompían en los antros. No hubo nada santo en muchos kilómetros.

Todo ese mal daba fuerza a la cabra, la cual ya estaba lista para una segunda pelea. *"Sin derrotas, sin quejas, sin pena"*. La cabra perdió todo el sentido del plan para poder darle derecho a todo su poder de atacar de manera fulminante.

El Día de los Caídos

Se calmaron las tensiones durante la quinta semana del mes de mayo, ahora conocido como: El mes de la rebelión, para llevar guerra también a la mujer que había aceptado su propósito de servir como instrumento al plan de Dios, ya que ese mes era su celebración en todas las religiones que le demostraban devoción y respeto.

Las personas caminaban en medio de sus asuntos como si no hubiese final. La previa sensación de que algo iba a suceder en unas horas era inmensa.

Muchos comenzaron a sentir fiebre ante la caída de sus energías de manera repentina. El ánimo se estaba perdiendo en muchos de los que no creían, en aquellos que retaban a Dios, en los que habían vendido sus almas a la oscuridad, aquellos que pecaban con ansias y deseos, los que ya nada les importaba esta vida tan dichosa que Dios nos había prestado.

El cielo manifestó una luz casi tan rápida como el parpadeo. Un manto azul cubrió el firmamento. Doce estrellas doradas como hechas de diamantes se formaron en circulo. Todas las religiones que ofendían a la madre del salvador serían sentenciadas por su amor.

Así como había dicho Jesús cuando nació de ella para predicar el amor: "*Se levantará la nación de Nínive para sentenciar a los hijos de Israel por sus tantos pecados. Pues no quisieron arrepentirse como aquellos lo hicieron. Y vendrá la Reina del Sur, que a Salomón acudió para escuchar su sabiduría y, aquí hay alguien mayor que Salomón.*"

Si aquello se dijo de personas que habían escrito la historia, ¿Qué no se diría después de aquella que tuvo a Dios en su vientre por nueve meses y lo crio bajo la unción del Espíritu Santo?

Se tropezaban los que estaban llenos de ira, pues sus ojos se nublaron con una neblina espesa. Los que siempre mantuvieron su fe y su amor, esperaban ser llenados del resplandor de la esperanza que empezaba a caer como una llovizna espiritual.

Solo ellos podían verla. Pues, las oraciones hechas antes, comenzaban a dar sus frutos ahora en el presente. Como una pequeña semilla que se siembra y sube curiosa hacia la vida desde su vientre que era la tierra y ahora es el ambiente externo.

Vieron desde lejos, la oveja y el león, a la cabra que se aproximaba como una nave que se lanza de punta hacia la tierra, con sus cuernos llenos del lenguaje del infierno, escrito en sellos con símbolos brillantes como la sangre.

Darse cuenta no fue suficiente. Pues, entre la serpiente y el cuervo, detuvieron los ataques del león y la oveja para que el impacto meteoro de la cabra fuera más fulminante.

Dieron en el objetivo.

Las plumas del cuervo se desprendieron como si se multiplicaran y crearon una barrera alrededor de las dos creaturas. La serpiente escupió un veneno que se convirtió en un lago circular rodeando la única posible salida del engranaje.

Los tres tenían aquel ataque sorpresa bien escondido. La oveja y el león no pudieron hacer nada. Fueron atormentados por aquel impacto y sacudidos hasta la distancia con muchas heridas.

No transcurrió un minuto cuando la cabra cayó sobre la tierra después de aquel impacto y la oveja y el león atacaron por sorpresa a los tres elementos del infierno.

"¿Cómo puede ser posible?" Se dijo la serpiente impresionada.

El cuervo echó su rápida mirada hacia el cielo y notó que estaba de azul. Un manto cubría con su extensión toda aquella parte hasta muchos kilómetros.

"Esto es obra de ella". Refutó enojada la serpiente.

"Tengo que irme o no viviré para contarlo."

"Ahora eres una cobarde. Quieres correr como no pudiste hacerlo en aquella vez en el jardín cuando te sometieron por culpa de su naturaleza." Habló el cuervo al ver temblando a la serpiente.

La cabra se lanzó contra el cielo queriendo atacar algo que se moviera, pero no había cuerpo, ni miembro, nada. Algo se escondía detrás de aquel manto, pero no se veía.

Eso dio tiempo a que la oveja y el león se recuperaran de sus heridas con la gracia que habían recibido.

Así se cumplió otra profecía: *"Hirieron al que venía del cielo para rescatarlos, pero se levantó de nuevo para volver a sanarlos"*.

El Reino Triunfante

Los cuernos de la cabra brillaron como la sangre de nuevo al notar la presencia de algo grande oculto detrás de aquel manto.

Unos cuernos pequeños empezaron a desarrollarse lentamente de los dos cuernos principales de la cabra. Estaba creando una habilidad con más alcance ante su odio sin frenos.

"Debemos darle apoyo a la cabra". Sostuvo el cuervo sin miedo alguno mirando a la serpiente con mucha tensión. *"Usaré mi ojo, aunque me cueste la vida. Pero necesito saber que cuento contigo serpiente antigua".* *"Veré qué puedo hacer".* Esa mujer me da hastío y el tiempo que hemos avanzado no es apenas como un minuto desde aquella vez que la vi en cada momento que intenté

arrebatarle al niño que ahora gobierna los cielos."

Se pusieron de acuerdo para crear un ataque distinto. El ojo del cuervo tenía una fuerza descomunal si lo usaba para reducir la gravedad de los objetos. El manto descubriría a quien fuera que se ocultara detrás.

La oveja y el león se vieron a los ojos y pastaron juntos una yerba blanca como la nieve que salía de la tierra por sí sola. Sus cuerpos se comenzaron a mezclar como masillas en las manos de un niño y se creó un ser portentoso, como una creatura espléndida y superior, muy a pesar de su gesto en el rostro, el cual expresaba humildad y compasión.

Las pezuñas de la oveja quedaron formadas, pero la piel del león dominaba desde la rodilla hasta el cuello. El rostro era el de la oveja, pero con forma de hombre. Su nariz sumergida le permitía ver con mayor facilidad hacia todos los ángulos.

Se colocaron a modo de ataque, dieron una zancada hacia atrás y desprendieron el suelo de la tierra dando un salto de velocidad incalculable.

Una espada se reprodujo al instante en las manos del león, que antes eran garras y lanzó su poder a través de ella.

"¿De dónde salió esa creatura?" Se cuestionaron el cuervo y la serpiente muy asombrados.

"No nos limitemos por esta presencia. Vamos a atacar también sin olvidar el plan". Conjuró la serpiente animada por el cuervo.

Miles de personas en los alrededores de aquella batalla fueron cegados por una escama blanca en sus ojos. Se taparon sus oídos y no podían caminar.

El estruendo de un impactante evento dio comienzo. El manto empezó a caer como una sábana que se tiende sobre la cama. Los pequeños cuernos que habían salido de los dos principales creaban más y más cuernos haciéndole hoyos a todo el manto.

El cuervo lanzó miles de plumas hacia el agujero del manto, pues pudo contemplar una corona con doce estrellas flotando detrás, como una corona que se iba girando lentamente.

La culebra detectó su aroma de flor del cielo y le sugirió al cuervo lo más inteligente:

"Yo me enfrentaré a la extraña creatura. Tu ve por esa mujer a la que aborrezco".

Se deslizó la serpiente adquiriendo un tamaño descomunal por encima de aquella tierra húmeda. Su lengua de doble entrada se adelantó a su cuerpo para amarrar al guerrero, el cual dio un salto que le hizo desaparecer al instante. Sin darse cuenta la serpiente, el guerrero corría a gran velocidad hacia donde estaba el cuervo. Estiró su espada apuntando contra aquella oscura ave una luz divina que se sacudió desde la mano que la sostenía.

"Imperio del Dios viviente, Reino Triunfante", tradujo de forma extraña el nuevo ser.

Y surgió de la luz en expansión una ciudad en forma de laberinto que dividió a todas las creaturas en la batalla. La cabra miró hacia abajo y supo lo que planeaban aquellos enemigos suyos.

Al distraerse la cabra, una bofetada la hirió fuertemente tirándola hacia el laberinto. Pero se opuso con fuerza y no tocó el suelo. Sin embargo, una de las estrellas de la corona que llevaba aquella presencia tan hermosa sometió a la cabra con tremenda potencia llevándola hasta el suelo de la ciudad laberinto.

Lucha entre la Oveja y la Cabra

Todos estaban dentro de aquella trampa creada por el cordero divino. La Serpiente no podía oler nada. Solitaria y como si hubiese perdido todos sus poderes, se arrastraba con la sola consciencia de su existencia.

La cabra pudo apenas mantener sus cuernos originales, pero no los pequeños a causa de alguna fuerza que les quitaba la mayor parte de sus fuerzas. El cuervo logró salir a tiempo de la trampa volando. Fue el único que no quedó afectado.

La oveja quedó en la parte oriental del laberinto y agilizó sus pasos hacia la cabra para confrontarla. El león ya no estaba.

Desapareció para darle su fuerza a la oveja, porque la necesitaría.

La cabra se encontró frente a frente a la oveja y se cuadraron con posiciones extrañas de combate celestial en solo dos patas.

"No sabía que pudieras pararte sobre las dos patas. Siempre pensé que los soberbios no eran dignos del cielo. Pero aquí estás, retando su grandeza con el fin de vencerme."

La oveja no quiso hablar. Cualquier duda y aquella batalla sería un total caos. Corrió la oveja hacia la cabra con una estrella dorada a modo de escudo que le había prestado la intercesora desde el cielo.

La cabra disimuló calma mientras unos rayos rodeaban su cuerpo de tanto poder que ahora tenía a causa del pecado en el mundo.

De tales pecados se alimentaba su espíritu. Y la oveja por igual, de tales bondades y oraciones de aquellos que todavía creían en Dios como la esperanza del ser humano, de ellos se alimentaba.

En la pezuña de la oveja aparecieron dedos para sostener una extraña espada con dibujos que encarnaban las doce casas del santo trono de Dios.

Impactaron ambas en una pelea de golpes que el destello tan grande que se repelía en la zona destruía parte de las montañas del entorno.

La cabra usaba los mismos poderes que ya había manifestado anteriormente. Por lo que la oveja podía seguirles el ritmo a sus movimientos. Parte del poder de la oveja era crear pensamientos de la nada. Con el poder del león en su espíritu, las lanas de la oveja se desprendían como pequeñas nubes que disparaban rayos sobre la cabra.

Pero no se quedaba quieta a esperarlos. Hubo un instante de

consternación y, sin darse cuenta cómo, la oveja cayó al suelo sangrando por su costado. *"Un ataque repentino"*. Se dijo la oveja muy lastimada.

Su concentración se distrajo cuando la cabra hizo crecer sus cuernos de forma arremolinada en su cabeza. Empezaron a girar como hipnotizando a la oveja, provocándole mareos.

Lo que implica que no fue ella. La serpiente había llegado al combate filtrándose por debajo de pequeñas grietas que conseguía hacer.

Y sucedió entonces, que el cuervo que había volado lejos fue traído hasta el centro de la batalla cayendo en medio de la oveja y la cabra con su cuello destrozado.

Miró la cabra hacia el cielo y pudo observar un águila celestial que hacía vibrar el cielo con su presencia.

El águila se posó sobre la oveja y la levantó con su grito, dándole ánimo y sanando sus heridas.

"Esta vez, yo voy por la serpiente". Sostuvo el águila con mucha seriedad.

"¿Crees poder con ella?" Señaló la oveja con calma y como si se hablaran al espíritu.

"Todo es posible para el que cree".

La oveja se levantó al no sentir el mareo provocado por los cuernos de la cabra y, se movió tan veloz que la cabra no pudo ubicarla. Una de sus patas fue arrancada como un juguete en manos de un niño.

Pero de la sangre de la cabra surgió una persona: el anticristo.

La última morada

Resplandeció el sol como si llorara fuego y arrasó con una de sus chispas a la tierra. Este fenómeno era de esperarse por los científicos, quienes vaticinaron tal prodigio.

La tierra se secó al instante y, quienes ya sabían de tal acontecimiento, lograron hacer hoyos en la tierra para protegerse de aquel terrible suceso natural.

El nacimiento del anticristo trajo desesperación, hambruna, caos. Esto estaba escrito. Por eso se dijo: *Atraerá a todas las naciones en el tiempo más crítico y convencerá a millones.*

El surgimiento de esta nueva era conocida como "La última morada" fue la razón de tan magno evento.

A partir de este momento, los jóvenes empezaron a tener visiones, los ancianos sueños reveladores de acontecimientos futuros y, muchos que estaban en sintonía con el santo espíritu de Dios alcanzaron dones de extrañas habilidades, necesarias para la subsistencia al nuevo medio ambiente que les rodeaba.

Quienes estaban divididos por sus lujurias, adicciones, amor al pecado, esos fueron adquiriendo rostros deformes y caminaban encorvados debido al peso de sus maldades.

Esto ocurrió después, el anticristo escapó del laberinto creado por la transformación de la oveja y el león para seducir a las naciones con sus sermones y atraer más almas a la perdición. Porque, estar lejos de Dios es eso, la muerte eterna.

En la última morada sucederán los acontecimientos ya previstos en el libro profético de Daniel, quien revela lo siguiente: *"Y vendrá un tiempo, luego otro tiempo y, después medio tiempo"*. Lo que se tradujo en boca de muchos ungidos que dieron la noticia a través de medios avanzados de comunicación: *Un tiempo es mil años, otro significa mil años más y medio es quinientos años.*

Conocer la fecha exacta del profeta Daniel y cuándo dijo esa profecía, será la revelación del comienzo de los signos de los tiempos, porque el final, solo el padre de la creación lo determinará.

El águila hizo su grito de victoria ante los enemigos tan implacables que tenían. Vencieron por gracia del espíritu que los hacía trabajar en coordinación.

Por eso, también se dijo: *"Donde hay dos o tres reunidos en mi nombre, allí estaré yo en medio de ellos".*

La fe se consigue en lo secreto de una oración hecha con fervor del alma al padre de la creación, pero si se hace en comunidad, la fuerza es inimaginable. Unir fuerzas es el secreto exitoso de toda empresa que se empieza.

En el nuevo mundo será necesario tener esto como comienzo de una nueva vida. Y la última morada será recordada en tal momento, cuando los que busquen al espíritu santo en la verdad lograrán saber todo lo que sucedió por dicha gracia suya, en aquella batalla por la salvación de las almas.

El nuevo mundo

Los acontecimientos en el planeta tierra después de aquella batalla espiritual de la última morada, fue recorriendo cada rincón de las iglesias existentes. En especial, la católica, la cual pudo recolectar información de más de doscientos creyentes de espíritus bondadosos extendidos por cada continente.

Las profecías surgieron después del año 2089, cuando la tierra tenía una mínima población debido a la mancha solar que la sacudió durante la batalla espiritual.

El ser humano llegó a su pináculo más alto de la evolución al descubrir por miles de nacimientos de diferentes animales y humanos, que el cambio en los cuerpos debido al ambiente diferente, estaba comenzando a dar sus resultados.

Animales de cuatro patas desarrollaban dos más ante la dificultad de los caminos. Se volvían más altos al desarrollar unas pezuñas extras de protección en los pies a causa del caliente en la tierra.

Los niños también. Los vientres de las madres crecieron más ante el desarrollo del nuevo feto y las criaturas del océano fueron moldeadas con nueva escama para resistir al caliente y la evaporación.

Todas las criaturas comenzaron por crear sus nuevas defensas ante la crisis global del ambiente. También, la resistencia ante la falta de agua y comida fue mucho mayor.

Esto sucedía en el mundo conocido como: El nuevo mundo. Así lo bautizaron los científicos de esa era.

En el mundo espiritual, el nuevo mundo era otra cosa. El nacimiento de una nueva faceta de la vida. El milagro vivo de alcanzar los años venideros hasta que la voluntad del padre de la creación fuera determinada para darle fin a ese presente.

Los creyentes eran mucho menos. El anticristo conquistaba cada día más y más seguidores. El pecado tenía de nuevo una fuerza arremetedora. Las virtudes y lo santo, la pureza y lo noble, ya no se practicaba.

Junto con el cambio físico, también surgieron nuevos métodos de creencia. La religión no tuvo potestad en este nuevo mundo. Solo la búsqueda de Dios definía los parámetros a través de las personas con talentos y dones dados por el mismo espíritu para la consecución de sus planes.

Si había creyentes, los había para extender la única moral, la poca que quedaba, por todo el mundo. Muchos eran torturados, burlados, tachados de mentirosos, farsantes e hipócritas.

Pero sin importar eso, nada detenía la voluntad del espíritu. Cada día nacían más fieles servidores y adoradores del padre para continuar la labor de aquellos mártires y santos que daban sus vidas para santificar con sus hechos y sangre la futura generación del nuevo mundo.

El nuevo mundo, la nueva Jerusalén, era el significado de la nueva alma conquistada por la verdadera presencia del espíritu que todo lo que tocaba lo llenaba de vida. Esto ocurrió durante los diez años después de aquellos eventos que hicieron historia en el presente futuro ya conocido.

Nuevos servidores de Dios se levantaron para dar el testimonio verdadero que tanto se había esperado.

Ya los que hablaban para lucrarse de tales palabras quedaron como obsoletos parlanchines que no salían a dar todo lo que el espíritu esperaba.

La voluntad del espíritu es que todos seamos unos en la acción que nos permite tener buenas relaciones, sin caretas, ni mentiras, sin veneno espiritual, ni chisme, ni calumnias, sino oración uno por los otros, comprensión, bondad, afecto, paz, paciencia, alegría, amor y verdad el uno para el otro.

Esta era la decisión del espíritu que había dotado a la oveja de su gracia para luchar contra la cabra rebelada.

Nota final

Este libro ha sido escrito con el fin de proponer una evangelización acerca de los posibles finales de la vida humana tal y como la conocemos desde diferentes puntos de vista, tocando algunas escenas bíblicas como detonantes de atención para cultivar y recordar que debemos tener nuestra lámpara encendida en todo tiempo.

No es cosa del escritor asumir que lo escrito aquí haya sido necesariamente una revelación, aunque algunos de los acontecimientos sucedidos hayan tenido que ver con la realidad subyacente en el momento y, como cosa del espíritu de Dios, a causa del espíritu de oración de quien lo escribió y que ocurrieron mientras se escribía este material.

Por eso, y no para escándalo, ni para crear división en la comunidad de los creyentes, ha sido creado este libro, para fortalecer y manifestar lo terrible que será la batalla si no nos preparamos en lo perfecto de la santidad, para conquistar nuestra salvación en el espíritu de la vida que ahora nos anima a ser uno en su esencia.

Dios santifique cada corazón que tuvo el coraje de no pensar que algo más está por encima de su palabra, porque así es. No hay libro ni profecía que diga nada más allá de lo que el espíritu quiera revelar a sus hijos en cada corazón preparado.

Bendito sea Dios en sus ángeles y en sus santos.

Biografía

D. S. Drwinland

Nació el 27 de agosto del 1980 en Cotuí, Provincia Sánchez Ramírez, República Dominicana.

Desde niño se dedicó a la lectura y escritura. Entusiasmado por la actuación, la religión, la filosofía, la espiritualidad, las obras sociales, la psicología, así como por la música, quiso estudiar de cada uno de ellos.

Hizo la secundaria en el Liceo Socorro del Rosario Sánchez y el Colegio Inmaculada Concepción de la Vega.

Formó parte del Seminario Pontificio Santo Tomás de Aquino, donde estudió filosofía. Después realizó la psicología clínica en la Universidad Autónoma de Santo Domingo (UASD).

Hizo varios cursos de literatura, locución y oratoria, retiros eclesiásticos y del efecto positivo de las religiones en el mundo.

Hoy tiene más de 25 libros de autoayuda, motivación espiritual, salud terapéutica y física en todas las plataformas conocidas en la internet.

Con más de cinco mil ejemplares vendidos en eventos culturales y religiosos.

Deja un comentario en mis redes sociales con el seudónimo D. S. Drwinland. Así ayudarás a que otros consigan este libro.

Gracias.